적의의 정서(正書)

김호성
1988년 서울에서 태어났다.
상명대학교 한국어문학과를 졸업했고, 연세대학교 대학원 국어국문학과 박사 과정에
재학 중이다.
2015년 『현대시』를 통해 시인으로 등단했다.
시집 『적의의 정서(正書)』를 썼다.
현재 『현대시』 편집장을 맡고 있으며, '다시다' 동인으로 활동 중이다.

파란시선 0095 적의의 정서(正書)

1판 1쇄 펴낸날 2022년 2월 1일
지은이 김호성
디자인 최선영
인쇄인 (주)두경 정지오
펴낸이 채상우
펴낸곳 (주)함께하는출판그룹파란
등록번호 제2015-000068호
등록일자 2015년 9월 15일
주소 (10387) 경기도 고양시 일산서구 중앙로 1455 대우시티프라자 B1 202-1호
전화 031-919-4288
팩스 031-919-4287
모바일팩스 0504-441-3439
이메일 bookparan2015@hanmail.net

ⓒ김호성, 2022, printed in Seoul, Korea

ISBN 979-11-91897-14-2 03810

값 10,000원

적의의 정서(正書)

김호성 시집

시인의 말

실눈을 뜬 소년들이 총을 겨눈다

허벅지에 박힌 총알을 문지르면

땅콩처럼 벗겨지는 껍질

비상식량으로 하루에 한두 알 씹어 본다

입안에서 조립식 탄식이 흘러나온다

목구멍에 손을 넣고

지금까지 삼킨 부품을 꺼낸다

사람이 키우다 버린 기계는 언제 살인을 하나

울다가 지쳐

나는 주머니 속으로 가라앉는다

차례

제1부

질긴 숨

네가 나를 창조했으므로 수많은 결핍을 가지고 태어난 나는 어떻게 너를 뛰어넘을 수 있는가 동에서 서로 마지막 글자에서 첫 글자로 살진 거위처럼 걸어갈 뿐이다 홍수를 일으키는 엉덩이로 주저앉아야 세상은 뒤뚱뒤뚱 돌아간다 관자놀이를 움푹이 눌러도 죽어 가는 후손들 살아나는 선조들 어마어마한 손이 느닷없이 이 대지 위에 내려앉는다 군중은 젖먹이를 향해 돌아선다 피투성이가 된 열사의 이름을 부르고 신들린 무당처럼 구급차는 점점 더 빠른 속도로 빙빙 돌고 있다 사회적이고 기술적이고 광대하고 생물학적인 거위를 모방하고 부추긴다 글을 휘젓는 물갈퀴는 유전자를 변형시킨다 온갖 질병을 휘몰아치게 하는 미세먼지에서 방사능으로 우리 모두가 하루는 침묵하는 피해자이다 하루는 정의로운 폭군이다 위생과 정복의 감각을 분간하기는 녹록지 않다 처음과 끝 사이에 놓이는 자는 곧바로 더러운 것이 된다 왕의 광장에서 재활용 쓰레기를 모아서 힘껏 거리를 채우고 있는 너의 어깨 너머로 200인치 스크린 저 멀리 빙하가 사라지는 곳에서 검은 함대가 몰려온다

금지된 삶

문고리를 돌린다
화분에는 물이 말랐고 남은 이파리는 밖을 향해 눕는데
언제까지 참아야 하는가
같이 죽을 사람 하나 없는 나는 미궁으로 간다
식은 난로 아래 잿더미는
본 적 없는 그림자를 화사하게 치장한다
간절하고 용서받고픈 자들의 적
그 앞에서 나는 절대 지치지 않는다
칼을 들어 고개 숙인 영혼들의 어깨를 찌르면
그들은 몇 가지 제목을 발설하고 나를 추종하게 된다
원망하는 일은 한여름 도시처럼 질겨
폐가 망가진 시인도 담요를 뒤집어쓰고 웅크린다
책장이 솟아오르고 수돗물이 쏟아지는 귀 아픈 소리도
흥얼거리는 자장가로 변한다
살인자의 왕인 그림자에게서 위로를 얻을 수 있다
그것은 거울을 간직하고 있기에
깨어나면서 평온을 느끼지 못하는 물건이
더 나은 육체를 바라는 일이 정말 부질없는지를
잠이 의미가 되지 못한다는 것을 월요일은 가르쳐 준다
발자국에서 새어 나온 모자이크들이 부유하고 있으므로

어제보다도 천천히
누군가로 살아야 하는 숙명을 넘겨받았다면
나와 함께 모든 것을 망각할 수 없는 곳으로 가자
잠이 금지된 삶 속으로 가자

나무는 어둠을 들었다

절벽은 몸을 가만히 내밀고서 기다린다 물속으로 뛰어
든 나무 한 그루가 있다 우리는 나무의 호흡에 속해 있다
메아리 뒤에 어둠은 한층 깊어지고 절벽은 가슴을 펼친다
덮개가 벗겨져 버린 듯이, 두 척의 배가 떠올라 망을 본다
바다는 숨소리로 가득 차 있다 어린 영혼들은 비밀스럽게
파도에 밀려온다 이곳에는 투명한 피부가 스며들어 있고
죽은 고래들은 용해되어 가라앉는다 부끄러워서 서로 끌
어안고 노래를 부르고 몸속에 노래를 심는다 여름의 밤보
다 친밀해지는 순간이 있다 한들거리는 노가 절벽을 간질
인다 잠에서 깬 나무는 공중을 어지르며 뻗어 간다 자신
의 팔로 젖은 오솔길을 들어 올리는 것이다 길들은 얇고
모퉁이를 돌면 갑자기 희미해진다 마치 가출한 신에게 피
를 공급하는 촉수들 같다 새들만이 아직 길 위를 걷고 있
다 그리고 그 뒤를 너와 나만이 따른다 절벽은 달빛에 눌
려 납작해진다 조금 기대기만 해도 물의 갈라진 틈 속으로
스며들 것이다 나의 걸음걸이는 밋밋해서 한곳을 도는 어
미 새가 우리와 함께 휘감기고 달의 목적지와 우리의 목적
지가 자꾸 도치된다 하늘의 은하수에 가득한 바늘들이 우
리의 머리 위를 겨냥한다 한마디 말이 물속으로 떨어진다
노래가 멈추지 않는다 기침 소리가 끊이질 않는다 우리는

다시 걷는다 복면을 쓴 천사들이 마중을 나온다 검은 숲이
떠오르고 있다 나무들의 흐트러지는 모습 속에 어떤 불감
이 흐른다 우리는 스스로 자신의 존재를 지탱해야만 한다

만발하는 혀

정상에서 하늘을 올려다보는 것만으로 밤은 쏟아지는 것을 멈춘다. 우리는 끝없는 계단에서 막 쫓겨난 것처럼 떠 있다. 아이처럼 등골에 땀이 흐른다. 얼었던 절벽이 녹아내리고 안쪽에 새의 주검이 있다.

틈을 메우기 위해서 기다림이 필요하다. 이 세계를 해부하려면 버려진 도시의 외곽이 간절하다. 절벽과 절벽이 뒤틀려 서로를 껴안는다. 속이 울렁거릴 정도로 이 허공을 더 강하게 붙잡는다. 메아리가 절벽을 더 날카롭게 가다듬는다. 우리의 내장은 풀숲 어딘가에 감추어져 있지만, 한순간 흘러나와 모든 장막을 색칠할 수 있다. 뜨거운 정오에 새의 지저귐들이 허공 속에 가라앉아 우리의 것이 될 때까지. 뒤로 밀려나지 않을 듯이 절벽은 피를 흘리며 서 있다. 세계는 허공의 바닥에 맺혀서 천천히 부유한다.

그저 꾸며 낸 이야기일지도 모르지만 과거가 저기 있다. 우리는 납작해진 채 서 있다. 새벽빛으로는 더 이상 이곳을 뚫고 나아갈 수 없다. 발밑에서 꿈틀거리는 것은 무엇인가. 그것은 솟구치기 직전의 절벽이다. 허공이 되기 직전의 우리의 뼈이다. 벽돌을 짊어진 구도자가 계단을 올라간다. 그에게는 촘촘한 그물이 있고, 그 그물에 사로잡힌 새들은 이곳에서 기지개를 펴듯 자신의 새끼를 밀어낸 자들이다.

수치심

—후기

—　　누런 종이들이 구겨진 입으로 한마디 뱉는다
　　휘몰아치는 바다 위에서 모서리를 구해 달라고
　　저 마른 몸들이 매듭처럼 뒤엉켜 있으니
　　해변 곳곳에 떠오른
　　깊은 구멍은 단지 아가리일 뿐
　　숨이 턱에 닿은 채 나는 왜 죽어 가는가
　　종이로 엮은 살가죽 하나 걸치고 있는데
　　생각보다 추운 겨울은 아니라서
　　수건으로 닦은 죄를 뒤집힌 거북에게 덮어 주려고
　　그렇게 죽어 가는가
　　칡넝쿨처럼 손목을 비틀어
　　쥐어짜 낸 노래와 뒤따르는 메아리
　　꽃들이 익사한 곳에서 흔들리고 있는
　　꽃잎에 눈을 베인 독자에게
　　그 눈으로 쏟아 낸 노을에 대해
　　수천 마리 까마귀 떼와 시도한 대화들
　　게워 낸 종이들이 온갖 깃털이 되어 멀어질 때까지
　　불어 터진 잔가지를 힘껏 펼쳐 놓는다
　　피를 뒤집어쓴 채
—　　비유를 멸하려 애쓰고 있다

그리하여 뾰족한 알을 머금은 생존자는
너와 내가 나눈 침대에서 표류하여
손에 쥐어진 모래로
적선을 한다

환태평양 조산대

한 페이지를 넘길 때마다 혁명가가 될 거라고 믿는 사람에게 나는 물질적으로 퍽 긴장한 채로 진흙을 먹고 있다 첫 구절은 이미 꼬깃꼬깃한 수건으로 말라 버리고 구멍 뚫린 눈두덩이 속에서는 사다리가 하염없이 내려온다 저 아래에서 너와 나는 쾌락의 책이며 허약한 활자이다 급히 갈겨쓴 이 전염병을 읽는다면 나의 적의를 조금은 이해할까? 펜은 서울 남쪽으로 향하고 퇴고가 계속되는 가운데 성수대교가 무너지고 나는 망망대해를 지배한다는 우월감을 느낀다 고문에 시달리면서도 곯아떨어지는 지경에 이르러서 잠에서 깨어나면 사방으로 펼쳐져 있는 물귀신 속에 하체가 잠겨 있다 그렇게 느닷없이 죽은 작가들을 보고 나는 수건을 던져 버린다 썩어 가는 어둠 속 간담이 서늘해지는 연체동물을 비롯해 정체 모를 혁명가의 사지가 휘날린다 그 완전한 악취에 취해 살고 있을 선량한 연인을 향해 그저 진흙이 펼쳐져 있을 뿐이다 혼절할 정도로 죄가 창궐해서 허공이 잿빛으로 보일 때까지 태양은 무엇을 했나 까맣게 그을린 한강이 구명정을 뒤집고 하늘로 떠오른다면 이를 설명할 수 있는 것은 대지진뿐이다 무수한 혁명에 짓눌린 환태평양 조산대의 심기가 뒤틀리고 심해에 잠들어 있던 몸통이 솟아오른 것이 분명하다 형형색색의

휘장을 두른 태초의 너는 모두의 관심을 끈다 갈라진 도로 한복판에 위태롭게 서서 우리는 순교를 부르짖는다 횡단보도만이 가득한 세계에서 그 차림새와 춤사위는 지극히 윤리적이다 그렇다면 적의는 어떻게 전위로 밀려나는가?

해미

—

저 문이 벽을 밀어내면 바다는 조금 넓어질까 표류하
는 배들을 불러 모은다 어둠 속에서 나는 선원들의 머리
를 세고 있다

갈라진 벽에 혀를 집어넣는다 식은 몸은 견딜 수 없을 정
도로 달다 부푼 입김처럼 구부러지는 복도에서
버려진 옷장을 연다 어깨가 잘린 포로를 걸어 둔다

무엇이 닮았을까 불기둥을 삼킨 고래는 얼굴을 휘젓는
다 똑같은 상황에서, 뛰는 사람과 걷는 사람 무엇이 닿았
을까

머리카락 속에 긴 동굴이 이어지고 물기가 마른다 육지
를 알아보지 못하고 지나친다 숨이 가빠진다

기울어지는 것들 반대쪽에서 내려다보는 것들 주먹을
꽉 쥐고 있는 절벽처럼
가라앉았다가 떠오르면 작살 하나가 무릎을 관통한다

—

마주 본 불빛 내게 말을 걸었던 연기의 윤곽을 기억한

다 머리에 불이 붙은 이들을 한곳에 모은다

검은 계단을 끊임없이 토해 내는 이유

●해미: 바다 위에 낀 아주 짙은 안개.

저녁의 유해들

이제는 믿는다
잘라 낸 허벅지가 굳어 식탁의 일부가 되더라도

한 움큼 물고 있어도
식도로 넘어가는 사람이 있어서

부풀어 오른 배를 주먹으로 꾹꾹 눌러 집어넣는다

그것은 식탁 위에 올라간 아이들의 짓이라고

전라(全裸)처럼 식탁은 휘어진다
오므린 무릎에서 툭 튀어나온 구원을 손에 쥐고

우리는 수십 개의 빈 의자에 둘러싸여 있다
가시 돋친 등뼈를 발라내는 것만큼 굶주린 일도 없는데

물컵이 깨진다 너의 눈을 들여다보면 이곳이 방인지 물
속인지 헷갈릴 때가 있다
물로 변해 버린 시체들이 동공에 차오른다

계속 웃는다 눈물이 마르면 식탁이 살아날 것이다

수치심

—숨

　머리카락을 한 올씩 뽑아내 수면 위에 심는다 구멍 난 뒤통수에서 작은 회오리가 이는 것이 보인다 그 속에 나의 머리를 집어넣는다 물속에 부는 바람을 못으로 박으면 투명한 살결이 된다 아무리 입김을 불어넣어도 새살은 돋아나지 않는다 손가락 마디가 툭툭 떨어져 나가고 응고된 핏덩이가 허공에 멈춰 선다

　때처럼 벗겨지는 옷들 때문에 하수구가 막힌다 목구멍을 닮은 수챗구멍을 넓혔더니 올라오는 소금 냄새, 찌꺼기를 토해 내면 그 속에서 찾은 커다란 진주는 복숭아가 되고 한입 베어 먹으면 알이 씹힌다

　고장 난 변기 위에 앉아 있으면 다리 사이로 뱀들이 고개를 내민다 물구나무선 얼굴로 몸에 퍼진 독을 빨아내야 한다 울렁거리는 침대에서 수도꼭지는 멀미약을 쏟아 내고 귓속에 가득 찬 곰팡이가 조금씩 지워진다 젖은 일기를 발음하면 마지막에는 혀를 깨물었던 충치처럼 낱장으로 흩어진다

　당신이 온다 문을 잠근다

동거
—미래파에게

나는 멈춘다. 입속에서 손을 꺼낸다. 창문 앞에서 목이 길어지는 사람들. 한 사람을 부르기 위해 오랫동안 혀를 씹는다. 발밑에 있는 동전 하나를 줍는다. 동전을 삼키고 피부가 쇠처럼 변한다. 일정한 거리를 유지하며 당신을 본다. 흩어진 발톱들 사이에서 나는 사진을 떨어뜨리고. 생김새가 닮은 그림자들은 벽에 기댄 채 침을 삼킨다. 구겨진 사진이 혼자서 펴지고 있다. 구두가 벗겨지고 나는 뒷걸음질친다. 아무도 걷지 않는다면 더 이상 바닥이 갈라지지 않을 거라고. 나는 빈 옷장을 발로 차며 기침을 참는다. 같은 곳에 숨던 당신에게 동전을 빼앗길 것이다. 배가 아프지 않은 날에는 배를 갈라 몇 개의 동전을 보여 줄 것이다. 아이들이 돌아오기 전에. 하얀 앞니를 보이는 순간 얼마나 많은 이의 목을 묶어야 할까. 거울 뒤에서 무뎌진 칼을 꺼낸다. 수십 개의 옷걸이들이 쏟아진다. 다리가 부러진 가구처럼 다가오는 당신을 껴안는다.

커튼의 존재

—

부풀어 오른 커튼을 칼로 찌른다 창밖으로 밀려난 바람에는 표정이 없다

말없이 등불을 가져다 놓고 사라진 남자가 그 속에 있다 눌린 얼굴로 창문을 밀어내며

창문이 열렸다 닫힐 때마다 새들의 목이 잘린다 낮은 지저귐만이 벽을 연하게 만든다 벽 틈에 꽂힌 칼날이 짧은 머리카락처럼 굵어진다

창틀에 묶인 남자는 아주 납작해져서 방의 주인도 알아차리지 못하게 천장에 달라붙으려 한다 맨살에 얼음 알갱이가 돋아난다 한 방향으로만 굴러가는 상처는 마녀의 혀를 닮아 간다

옮아가는 커튼의 몸부림에 실려 다음 밤으로 갈아입기 위해, 피 묻은 티슈들이 더 높이 날아가기 위해서 입김 위에 올라타는 것처럼

—

창문 밖으로 남자를 던지면, 한순간 정적이 생긴다 사

람들이 떨어지는 남자를 받으려고 손을 뻗는다 —

안부

폐허가 혓바닥 한가운데 몸을 말며 들어온다
커다란 덩어리 얼룩진 표피 구릿빛 뼈다귀들이 입안을
꾸민다
숱한 종(種)이 씹히고 세대는 부서지기에
폐허는 늙지 않는다
잊어버린 생활과 끊어진 신경에 대해
한쪽 뇌만을 가지고
악수를 하고 너의 악수와 똑같은 가학으로
산 자 위에 죽은 자가 쌓인다
이 도시의 내력을 받아들일 수 있도록
다시 한번 구토를 참고
폐허는 땅 위에 뿌리내릴 때만이 살 수 있다
그것이 관용구일수록
나지막이 언덕을 내려간다
냄새를 풍기는 집을 지나
야윈 모습으로 불타오르는
오래전 기억부터
모두가 시체의 신원에 대해
말한다
등을 돌리고

그 입을 쳐다보지 않고

귀가

　벽에 부딪힌 새가 땅에 닿을 때까지의 시간 나는 잠시 걸음을 멈춘다 나와 저 벽 사이엔 농구대가 서 있고 그물 엔 공이 걸려 있다 그 밑으로 아이들이 모인다 모래 위에 그려진 백사들이 부르르 떨면서 편을 가른다 사람과 사람 이 아닌 자 지상에 처음 발 딛은 공 속에 몇 해 전 실종된 아기의 두개골이 들어 있다 젊은 부모는 주위를 살피고 공 을 풀숲에 버린다 아무도 타지 않는 시소가 혼자서 기울어 지며 영혼의 무게를 잰다 나는 어릴 때처럼 바지가 자꾸 내려간다 주머니에 모래를 넣으면 이 울음이 그칠까 말라 죽은 나무에 매미의 허물이 가득하다 허물을 벗으며 엄마 를 기다린다 휘파람을 분다 피 맛이 난다 입김이 휘어진 철봉 밑을 들어갔다 나오면 목소리가 조금 굵어지는 느낌 아무 이름이나 불러 보고 풀숲에 손을 넣어 본다 공에는 이빨 자국이 있다 작은 구멍에서 엄마 냄새가 난다 새살 이 돋아날까 바닥에 몇 번 튕겨 보고 티셔츠 속에 숨긴다 주위를 살핀다 벽에 못 보던 문이 있고 인기척이 없다 새 가 다시 날아오른다 동생을 안고 집으로

상대성

고열에 수긍하지 못한 독신주의자는

지붕 위에 올라가 후춧가루를 뿌린다

취한 이들이 기침을 한다

온도계를 씹다가 수은에 중독된다

주사기를 구걸하던 천사가

깨진 거울 앞에서 운다

고해성사를 한다

나는 너를 거부한다

응급실의 십자가에 불이 켜지고

광대가 죽는다

중력

나무에 걸려 있는 신발을 기다린다 그늘 속으로 가라앉
는 바람 소리 귀를 막은 채 나무를 올려다본다 이곳에 묻
어 둔 잠을 깨우고 있다

창백한 얼굴의 어른들이 모여든다 키가 조금씩 작아지
는 계절을 지나고 있다 이 좁은 자리에 엉덩이를 들이밀
고 신경질적인 잠꼬대를 내뱉는다 갑작스런 담배 연기처
럼 어느 것에도 섞이지 않고

풀밭 위를 달리는 흰 다리들을 부러뜨리고 싶다 넘어질
수록 우리의 시간은 길어질 것이다 뒤꿈치가 무거워진다
구덩이가 벌써 치마폭처럼 파였다 뿌리가 보이고 복사뼈
가 드러나고 그동안 벗어 둔 신발은 얼마나 익었나 주머
니에 부러진 발톱을 넣는다

나무를 오른다 무엇이든 오를 수 있는 나이다 발바닥이
검게 그을린다 가장 두꺼운 나뭇가지를 잡고 발아래를 본
다 꿈속에서도 나는 귀가 들리지 않았다

모른다고 할 수 있을까 입을 벌린 채 어른들이 나를 올

려다보고 있다

시체(詩體)

　눈을 가늘게 뜨면 천장이 오목거울로 변하고 말 못 하는 개들이 떨어진다 당신은 주둥이가 여러 개이므로 여러 개의 굴뚝을 통과했다 처진 입술은 우아하고 날개처럼 펄럭거린다 발가벗은 채 유영하는 스카이다이버들처럼 먹구름 속으로 빠져들고 그 먹구름을 한입 씹어 먹고 혀에 불이 나면 움켜쥔 손을 펼친다 거기에는 목줄이 쥐어져 있다 입을 벌리고 집 나간 애인을 찾고 발톱이 접힌 범인은 누구일까? 화장실을 가려면 투명 계단을 올라가야 하는데 눈초리는 너무 깊고 털이 수북한 얼굴로 누구도 모르게 혀를 길게 늘어뜨려 지금까지 복통을 참아 왔는데 넘어지고 두개골이 사라진 사람들이 하늘에 떠 있다 텅 빈 머리에 산성비를 가득 넣고 발끝과 발끝이 만나는 곳으로 몸이 달아오른 박각시들이 우리들의 체액을 빨아먹고 거대해져서 요정이 될 때까지 갈색 피가 뭉쳐서 둥둥 떠다니는 달걀이 되는 것을 보라 가장 간절한 것은 입속에 들어간 포크를 꺼내는 것이다 모든 거짓말을 게워 내듯이 침대를 두들기고 창문이 열리지 않고 썩은 수돗물이 넘치고 흰 이불을 여러 번에 걸쳐 삼키고 약속 시간을 알려 주지 않았는데 사람들은 알람을 맞추어 놓는다 비누의 밖과 안에서 구분되는 청춘들 그때 나는 말하고 싶었다 올바름에

목숨을 거는 심리에 대해 냉장고의 마음이 따뜻해져서 조금 더 우리가 변질된다면 식탁은 불구가 되어 한쪽 방향으로만 돈다 달아나는 개들을 붙잡고 바닥 위에 떨어진 코털들을 주워 짝을 맞춘다 구석에서 의자는 엉덩이처럼 부풀어 오른다 오른쪽 다리를 의자 위에 올려놓고 왼쪽 눈을 가리고 배에 힘을 준다 무슨 맛일까?

잊어버리는 일

당신이 사라진다는 것을 증명할 수 있을까
그것이 한곳에 머무는 좀도둑의 짓이라도
바닥에 떨어진 머리카락을 태운다
발길질이 있었고 마른 땅은 존재하지 않는다
이름을 부른다
무너졌거나 선동으로 마쳐된 군중 속으로 비스듬히 들
어가
목이 잘린 채
그러한 삶은 갈고리일 수 있다
들숨과 날숨 사이에서
당신은 혓바닥만으로 펼쳐지고, 죽는다
무던히 죽고 죽음은 의지를 되살아나게 한다
육체를 뒤바꾸고
서로의 고유한 침실을 낳는다
당신은 드러난다 그리고 분해된다
축축한 좀도둑들을 어둠의 한가운데서 하나씩 자백하
게 만든다
인간을 불러오지만 당신은 죽는다
냄새들의 밤이다

수치심

—퇴화

육체들이 안개처럼 떠오르는 날엔
수면 위를 건널 것이다
흰 새가 부리로 동공을 터트리면
쓰러진 굴뚝이 폐수를 토해 내고
강물 속에 검은 힘줄이 번식한다
살아남은 신은 숨을 거칠게 몰아쉰다
호흡 소리로 최면을 걸 수 있는 경지
배를 부여잡은 넋들이 일어나
바위에 붙어 있는 이끼를 핥는다
발바닥으로 느끼는 물의 맥박
파문이 시작된 곳에는
신발들이 가라앉아 있다
풍선처럼 부풀어 오른 심장을 꺼낼 때마다
치어 떼가 허공에서 숨을 거둔다
조금만 느리게 척추가 젖어 들길
허리가 굽은 신은 고아처럼
신발의 짝을 하나씩 맞춘다
물맛의 비린 정도를 또렷이 기억할수록
미백되는 피부
팔 벌려 수증기를 모으면

아침은 밝아 온다
꺼져 가는 눈동자는 태양에게서 수혈된 흑점
불씨를 되살리기 위해
물 위에 쓰러진 그림자를 입김으로 분다
타오르다 죽길 반복하는 검은 옷이
어린 육체를 찾아다닌다
이 생태계를 기록해 줄 한 명이 필요하다
강물이 증발하기 시작한다
그물이 떠오른다

아스라이

    두 눈 사이로 떠오른 잎사귀는 길어서 이따금씩 나무 위로 올라간 너에게 달라붙는다 한마디 말도 없이 떨어진다 몸을 웅크린다 얼굴은 곡선을 잃었고 뾰족한 턱이 여러 개 생긴다 혀와 혀 사이에서 잎사귀가 자란다 입김을 분다 우리를 감싸고 있던 그늘이 달아난다 불길에 휩싸이고 머리카락을 풀어헤치고 그을린 나무껍질을 씹어 먹는다 고개를 돌린 동상들이 제 입을 막는다 사라졌던 애벌레들은 바지 속에서만 나타난다 몸이 두 개가 되고 세 개가 되고 기뻐하면서 죽어 가는 것처럼 이 기쁨은 네가 잉태된 허공이고 아직 벤치를 붙들고 중얼거리는 입김 손가락 사이로 눈을 갖다 댔을 뿐인데, 뭉쳐 있는 태양이 쏟아진다 느티나무가 아직도 살아 있는 이유를 오랫동안 고민한다 죽음과 잠이 뒤바뀌더라도 몇 시간이 지나면 너는 곧 밤에 익숙해지고 나무 위에서부터 목소리는 낮아진다 몸이 미지근해졌다 너의 몸에서 손을 뗄 때마다 살점이 떨어져 나간다

모호성은 무한대의 혼돈에의 접근을 위한 도구로써 유용한 것이기 때문에 조금도 부끄러울 것이 없다

호두가 쓰러졌습니다 부풀어 오른 머리통에 바람을 뺍니다 숨을 크게 들이마시고 내쉬고, 주먹과 머리를 구별할 수 없게 되면 폭행죄는 성립되지 않습니다 아직 쪼개진다는 건 살아 있다는 증거입니까? 터진 호두들에게 반창고를 붙여 주고 우리는 조금 전까지 모르는 사이였는데 고소함과 치통이 같은 맛을 가지고 있는 것처럼 창문을 열어 놓고 철제 빨대를 정수리에 꽂고 붉은 등고선을 들이마십니다 꼭대기에서 뛰어내리는 호두들 다시 언덕을 오르는 호두들 옥상의 시멘트 냄새는 누구나 가지고 있는 겁니다 이마에 그을린 머리카락을 심으며 할 말은 아니지만 낮과 밤 다음 날 아침까지 나는 키가 큽니다 이불 속으로 머리를 집어넣은 공작들이 호두를 까먹습니다 호두와 머리와 꼬리를 구별할 줄 안다면 폭행죄는 성립되지 않습니다 규칙적으로 찬바람이 뒤통수를 두드리고 쪼개진 그릇을 주머니 속에 넣고 이름을 부르면 머리 좀 컸다고 시인 겸 평론가 겸 운동가 겸 사상가 겸 교수 겸 편집자가 쓰러집니다 전봇대 밑에 음식물 쓰레기를 버리는 날이었으니까요

●모호성은 무한대의 혼돈에의 접근을 위한 도구로써 유용한 것이기 때문에 조금도 부끄러울 것이 없다: 김수영.

수치심

—행선지

갑자기 걸음을 멈춘 사람들

검은 새 떼가 하강한다

유리창들이 흘러내리고 있다

침을 삼키고

수군거리는 쪽으로 몸이 기운다

사각형이 쓰러진다

밀려난 자의 입속을 생각한다

문밖에서

지금까지 쏟은 머리카락 수만큼의
사람들이 깨어 있다
우리는 스스로 위로할 줄 모르고
검은 피가 번지는 공중을 굴리며 이 도시를 일군다
수백만의 얼굴로 빚은 지도 속에
본 적 없는 한 뼘의 거처에 갇힌다
무분별한 갈림길과 작은 역지사지에 사로잡힌다
우리는 타오르기를 원한다 부르튼 살갗의 날카로움처럼
코와 귀와 눈이 떨어져서 맨홀 속으로 흘러간다
이 행렬은 너무나 길어서 하늘까지 올라간 하수구일 것
이다
고함은 뺨을 뚫고 죽음을 조금 찢으며 날아갔을 뿐인데
순간적으로 골목을 만들고 무너뜨린다
구겨진 양철 같은 성기와 그을린 적회색의 전봇대들이
바로 도시의 피를 빨아들이는 주인이다
매연 속을 헤엄치고 있지만 우리가 악취의 주인은 아
니듯이
악취는 오히려 누렇게 추락하는 천사들의 것이다
전쟁의 출발과 도착을 우리, 노예들은 견뎌 낸다
약간 떠 있어야 하는 기분에 대항한다

천한 몸으로 죽음을 떠받치는 이 콘크리트 위를

낡아빠진 타이어로 가득 찬, 굶주린 인간의 살갗이 수북
한 이 한 뼘의 숙소

불 꺼진 건물들의 속을 게우는 외풍의 힘으로

매일 되돌아오는 화물 트럭에게로 밀어낸다

땅바닥에 흩어진 종이 쪼가리 위에서, 핏빛 이마 아래
에서

아름다운 이름을 살해한다 이러한 제사를 지내고 삶을
넘겨받는다

손바닥에 바글거리는 글자들을 전부 바쳐 숨을 토한다

술에 취한 헐벗은 천사들과 고성방가로 출렁이는 거리
에는

학살을 헤어날 수 없는 막다른 골목이 있다

수백만의 얼굴 속에서 주저앉고 눈과 코와 귀의 주름
속에서

적의 메아리를 기다린다

모든 길을 입속으로 빨아들인다 그것은 무수히 휘어지
고 무수히 살아나는

●볼프강 보르헤르트, 「지붕 위의 대화」에서 일부 변용.

45

용서

창문을 연다 비닐봉지에 머리를 넣고 숨을 내쉬면
비가 오는 날에 눈을 감은 얼굴들에게
쓰러진 물컵 젖은 천장과 발자국, 거실에서 조용히 사라진 그림자는 나의 혓바닥에서 살고 있는 것 같다 난간 위에 올라서서
잠옷을 입은 채, 잠시 침대가 흔들렸을 뿐이니까 누가 소리칠까 혓바닥이 노랗게 변했을 뿐인데 깨진 전구들을 모아 옷 속에 넣고
짧은 불빛 눈을 감았다, 뜬다 이불을 질질 끄는 아이는 말이 없다 나란히 앉아 모르는 이의 어깨에 기댄 것처럼 어디로 갈까 이곳을 텅 빈 버스 안이라 생각한다면
속도를 모르면 무엇이든 할 수 있을 것 같은데 비닐봉지에 탈색된 머리카락을 넣고 범인을 용서하는 범인이 되어 아이에게 칼을 건네고 도려낸 표정 몇 장을 흡수한다
언제나 몸속에 검은 우산을 품고 있으므로
지하로 스며드는 물에게 목적지를 묻지 않는다
두 팔을 힘껏 돌린다 어둠이 방에서 분리되고 있다

떠나지 않기 위해서

몸에 꼭 맞는 신(神)이 없어서
깨진 창문 밖으로 뛰쳐나간 목숨은 열두 가지
새 떼와 엉킨 시체는 하늘 높이 춤춘다
그 곡선이 내 목덜미를 붙잡고
이제 단 한 명의 연인도 살아남지 않아서
그들이 들려주던 수치는 전부 어디로 갔나
흙먼지 속으로 사라지는 복도
좁아진 목구멍이 내게 위로가 되어 줄 것이다
신의 말로 입을 더럽히지 않더라도
너를 찌르거나 애무할 수 있다
장갑을 끼고 추락한 가죽을 침대에 던져 놓고
더듬거리며 미세한 깃털도 거세한 채
텅 빈 얼굴이 검게 타오른다
이미 수없이 반죽한 이 흙 위에서
나는 조금 전까지 너였는데
알지 못하는 몸은 여전히 나에게 혈액을 공급하고 있
는데
간헐한 지진처럼
무기력한 초상은 어디에 있나

악력

주먹을 쥔다. 손가락 사이의 빈틈은 눈매. 주먹 속에서 태어나고 성장한다. 눈을 가늘게 뜨는 것은 생존의 문제. 눈을 감아서 손금의 우주를 망칠 수 있다. 주먹 속을 진공 상태로 만들 수 있다면.

손가락이 늘어나 눈이 찢어지는 건 중력의 문제. 벽을 칠 때마다 본다. 벽지의 격자무늬가 일그러지고 그 속으로 휘어지는 당신을. 멱살을 잡으면 확장되는 동공. 엄지손가락으로 짓누른다. 뿜어져 나오는 검은 물이 방 안을 물들이고 있다. 손가락뼈가 터질 듯한 은하수로 가늘어질 때까지. 당신은 눈을 깜박이지 않을 것이다.

눈빛만으로 매듭을 풀 수 있는가. 숨죽이는 주먹을 오랫동안 노려본다. 광대뼈를 내려친다. 눈코입을 부여잡고 있던 주름이 풀어진다. 축축하게 썩어 들어가는 광대의 입구가 열린다. 독방으로 들어간 서정을 위해. 새끼부터 하나씩 손가락을 펴 봐도, 나오지 않는 자백의 문제.

기대수명

태양을 상실하기 위해 쓴다

씻고 또 씻으면서 검은 살갗이 차오르면

텅 빈 복도를 걷는다

옆집에서 옆집으로 아이들이 녹아내리고

그들이 보내는 집단적인 인사

힘 풀린 수도관으로

오줌조차 흘리지 않아서

뼈와 살이 부르는 이름은 여태껏 냄새가 없다

제왕적인 지식인에 의해서 일상이 선언된다고 할지라도

아이는 절대로 문 앞을 떠나지 않는다

그 복도 안에서 떼를 쓰고 우리에게 양보하지 않는다

사람을 우려낸 곳에서

가족과 함께 집으로 돌아가고 싶어서

뼈만 남은 십자가를 꺼내 두리번거린다

어린 학살자를 신봉하는 동안

체온을 책임져야 한다

죄책감이 우리를 소화시키는 것처럼

유언으로 새긴 비어(蜚語)를 퍼뜨리는 유괴범으로서

신체를 박탈하기 위해 서명한다

절반은 주름으로 절반은 덜 마른 시멘트로

소독도 안 한 땅거죽을 삼키는 이 찡그린 얼굴과
빛이 떳떳할수록
이름 없는 송장이 등장한다

개성 없는 세대

무덤은 기둥이 되기 위해 초원으로부터 솟아오른다 정수리 위로 행성들이 미끄러진다 흰 머릿결만이 그것들을 공중에서 이어 준다 나의 두개골은 밤의 중심이 된다 덜 자란 무덤은 수십 개 모공에서 증기를 뿜는다 길 잃은 외지인을 유인해 같은 색의 핏줄 다발로 묶어 주는 일이다 핏물이 관 속으로 흘러들어 간다 그림자들이 입을 벌리고 받아먹는 중이다 붉은 용모가 부모에서 사지가 뒤틀린 자식에게로 옮겨 가고 있다 몸은 그을린 깃털들로 뒤덮인다 곧 땅이 갈라질 것 같은, 더 큰 침묵이 다가온다 무덤의 모퉁이에 숨어 있던 조각상들이 칼을 꺼낸다 그 상들은 하늘의 새들에게 탄성을 빼앗아 줄 유족이다 흙탕물이 담긴 그릇 속에서 튀어 오르는 삶을 본다 하나의 궤도 속에서 떠다니고 그 때문에 죽기를 반복한다 간헐적인 읊조림을 따라간다 수 세기를 두고 하늘은 무덤의 둘레에서 자라났다 지금 막 어린 행성이 무덤 위로 떠내려왔다 긴 유년만이 기둥 위에 기둥을 세우고 다음 생으로 향할 수 있다

제2부

적의의 정서(正書)

　한마디 이름 앞에서는 누구나 조급해진다 휘몰아치는 욕조 속에서 꺼내 달라고 나는 숨을 헐떡인다 청테이프를 물어뜯는 아가리들을 본다 뜯다 만 몸이 있어서 변명하는 자의 눈꺼풀은 주눅이 든다 욕조가 깨져서 슬프다 미끄러져 나오는 시체들을 닦는다 생글거리며 날아오르는 방울뱀만도 못한 가족을 꾸리고 있다 잿빛 기침 하나가 달아난다 식민지의 식민지에서…… 꼬리를 문 식민지들은 너와 같이한 다툼에서 애용하는 인사말이 되었다 내 손은 주머니 속 화약과 총총한 푸른 항구를 동시에 펼친다 두 눈의 불순물에서 십자가까지 끊어진 인연을 되찾기 위해 무릎은 갖가지 길을 파헤친다 주저앉은 파도에 맞서는 동안 나의 이름은 터지고 말았다 낮과 밤도 없이 쓰인 여러 편의 몸은 설교로 전락한 지 오래다

제3부

상쾌한 공기

돌부리에 걸려 넘어질 줄 알면서도 생생한 순간이다 눈알이 으깨지도록 그 사람을 바라본다 플라스틱으로 변한 각막을 따 낸다 허공에 휘날리는 꽃잎처럼 걸어간다

그 사람의 입에서 묘사된 장례는 아름답다 가장 뾰족한 묘비를 들고 간다 제멋대로인 몸무게 무리가 뛰어놀고 그 사람이 약속 장소에 갈 거라는 듯이 팔을 벌려 해방을 맞이한다 부서지는 영혼은 몸속 가스 밸브를 느슨히 풀 때 돌아오지 못할 무지개까지 거슬러 간다 초 단위로 팔랑대는 살결이 깨끗해진다

소금물에 절인 머리카락은 주변을 두리번거린다 손짓작으로 몰래 미는 곳이 내가 매몰되어야 할 구덩이다 만발하는 구름이 어떤 비명인지 아는가 소모적인 옆 사람의 울음을 내가 한 짓으로 둔갑하고 꽃잎을 들고 와 중요 부위 가리개처럼 개의 뒤꽁무니처럼 취하는 건 너무나 그리움을 드러내는 일이다

튼튼한 고무줄로 오늘도 하고 내일도 하는 제물을 원한다 전부 똑같이 생긴 사람이라면 안양천 깊이 가라앉

은 촉수까지도 잡아당겨 목을 매겠다 반복적으로 나는 나를 방문하고 있다 기분에 따라 목젖을 누르는 여자나 누워 있는 개를 성큼성큼 밟고 지나간 남자를 더 이상 꾸며낼 자신이 없다

며칠 전 파이프 공장이 내 몸을 떠나갔다 파이프를 잡고 더 묽어지는 두 팔이 네 개라는 듯이 그래서 먼 옛날 손님이 물귀신을 앞세웠듯이 기우제가 치러지는 무릎에서 쇄골까지 매번 같은 모습의 수배 전단을 새긴다 여덟 시간의 실종을 견딜 때 나는 얇게 젖는다 흐르는 따뜻한 피 한 잔이 머리가 센 순례자들의 식도를 비좁게 만드는 것이다 손잡을수록 지구의 면적은 나누어지고 나누어지는 곳에서 나의 정강이가 부러진 것이다

소각장에서 이틀째 숨소리가 난다 몇몇 절기들이 쌓였고 뼈마디에도 얼룩이 빼곡한데 몰래 그려 온 지도를 펼치면 날아오르는 묘비들, 구부러진 옷핀을 따라 내 구멍에서 독뱀의 구멍으로 부재중이다 한 알 따서 입에 넣고 더 이상의 약속은 없다고 발밑의 그림자가 제 목을 조르며 키득거린다 따라서 웃는다 그 사람을 사랑한다 사랑하지 않는

다 내가 죽어서 누군가에게 누를 끼치길 바란다

역류

너는 입을 다물고 운다
넘쳐흐르는 거품으로 거의 모든 사람을 지운다
지금까지 꿈꾸던 하수구를 발견한 것처럼
발밑을 비워 둔 채
맨홀은 작고 어둠은 커서 스스로 빠져드는 동공 같고
그때의 인기척과 쇠창살도 물비늘 속에 가라앉는다
굴러다니는 발목을 휘젓는다
검은 속옷이 바작바작 말라 가는 냄새를 품고
비탈을 내려갈 때 걸음이 그 밑면에 묻힌 유골을 길어
오듯이
매 순간 생활은 멎지만 다시 솟는다
미간 아래 칼날이 녹아내리고 간판 속 이름이 낯선 길을
불러온다
불 꺼진 골목은 더 이상 수군거림을 간직하지 않아서
갈라진 틈과 마찬가지다
이 추위에서 손가락 사이를 휘감는 입김은 없다
손가락을 전부 삼켰기 때문에
까마귀도 맴돌지 않고 흘러가는 낙엽의 행렬도 들리지
않는다
여기에 마음을 빼앗겨 골목으로 숨는 아이도

혼령에게 옷깃을 붙잡혀 하천으로 고꾸라지는 홀아비
도 죽는다
　새벽은 늘 얼음을 깨뜨리며 오기 때문에
　안개 속을 달려가는 몸은
　끝끝내 너를 보여 주길 원한다

마중

—

건너편에서

진보라색 입술을 길들여진 단추처럼 끼운다

두 팔이 떠오를 때
팔꿈치가 아픈 것은
고여 있기엔 익숙한 육신이 있기 때문이다

육교가 무서운 속도로 녹아내리고 있다
손톱으로 곳곳에 그려 놓은 손잡이

가장 날카로운 습관을
팔뚝에 솟아난 갈고리들이 붙잡고 있다

벌레의 알을 밴 검은 비닐봉지가
허공을 유영하며 그림자를 잉태한다

보호색으로 뒤덮인 전생이 끝내
자백을 하지 않는다

—

흑피

밤은 둘이다 그것은 창에서 깨진 창이다 쏟아진 암흑의
흐름에서 시력을 이어 주는 것은 달궈진 알몸들뿐이며, 우
리는 지금 만난다 밤 자체는 유리를 가져오지만, 유리는
살아 있는 지느러미들을 그대로 실어 온다 흔들리는 커튼
뒤에서 비린내가 난다 표정은 푸른 보호색을 띠기 시작한
다 골격을 찢어 버리는 힘은 창의 모서리보다 더 외설적인
체위를 불러온다 흰 구멍이 유리에서 허공으로 옮아갈 때,
우리는 피를 흘리며 새벽에 뿌리내리려고 한다 희미한 빛
속에서 이어지는 계단을 내려간다 육지에 닿으면 모래톱
의 바람이 바다를 애무하고 있다 진갈색 피부를 가진 해일
들이 일어난다 마치 허물어진 신의 복부처럼 머금고 있던
검은 인어들을 사방으로 뱉어 낸다 이후 목이 없는 인어
를, 지난밤과는 다른 속도로 깨어나 유리가 되고 있는 이
거품 위에서, 잔파도들을 길러 내는 존재를 또다시 끌어당
긴다 나는 내 잠 속에서 잘린 머리가 나를 바라보는 것을
느낀다 절벽을 차오르게 하는 해일들 밑에 생겨난 새 지하
들을 마주한다 너는 적나라하게 드러난 입구이며 세계에
흩어져 있는 해안과 닮는다 발자국을 지우며 걷는다 너의
손목을 잡고 너의 살갗을 맡지 않고는 살아갈 수가 없다

나를 거부한 시에게

—

　나무의 껍질을 벗겨 내고 이름을 적는다 이곳에 고아들이 잠들어 있다 주위를 맴도는 암수 까마귀는 나를 기억하고 있다

　성벽은 더 이상 존재하지 않고 짙은 안개처럼 떠다닐 뿐이다 무수한 하수구들을 발견했지만 잠의 내부로 이어지는 통로는 없다

　여러 개의 몸이 하나의 하수구처럼 이어지는 건 모든 도취 상태와 마찬가지로 죄의식이 없기 때문이다

　아직도 흡수력이 강해 우리들을 끌어들이는 이 숨구멍은 방치된 빈집 속으로 숙주(宿主)의 생명의 일부를 주입하는 것 같다

　몸이 흘러간다 기원의 뿌리 속으로 뛰어든다 삼켜져서 땅 위에 새로운 균열이 일어나게 한다 흙의 원천인 아이는 땀을 흘리고 새로운 구정물이 밖으로 샌다

—

　우리는 갈가리 찢기고 썩어 가는 미끼이다 밀렵꾼들이

심어 놓은 작은 덫에 걸리기 위해, 미세한 그림자들은 감추어 놓은 우물을 뛰어넘지 못한다

알을 낳기 전 자신이 태어난 곳을 불태우는 본능이 있다 얼굴을 마주하고 눕는다 발목에 묶여 있던 쇠사슬이 풀어진다 다리가 벌어진다 가장 오래된 성문을 여는 것이다

음어

혀는 진흙이 굳어진 것이다. 늪은 부푼 혀들이 모여서 생겨났다. 바위도 그 견고함도 해방을 원한다. 늪은 말을 삼키고 있다. 나는 늪이 마르기를 기다린다. 내 시야가 넓지 않다는 것을 안다. 당신은 내가 그어 놓은 원 안에서 무엇이라도 세울 수 있다.

움켜쥔 손은 대부분의 물체를 끌어당긴다. 늪이 한 사람을 빨아들이고 새 생명을 뱉어 내듯이. 살아남은 당신은 안개가 아니다. 숨을 참으면서도 빛을 발하는 곤충의 후손일 것이다. 이제 우리는 하나의 골격을 입고 하나의 정경을 바라보며 식욕을 느낀다. 두 눈을 크게 뜨며 산파의 머리를 바친다.

배 속에서 올라온 진흙이 과거의 계절들을 뒤섞고 있다. 죽은 바위들에게는 이름이 없으므로 계절도 희미해진다. 바위들의 과거는 눈앞의 그 안개일 뿐이다. 긴 주둥이로 산란 중인 여름에서 수은을 빨아올린다. 살 속으로 스며들어 심장을 부풀게 하는 생명과 맞닿은 기억이다. 늪에서 유래한 것들은 마찬가지로 어느 공기에서도 생존할 수 있다.

우리의 세포는 무한히 증식한다. 숲 전체를 뒤덮을 정도로. 세포와 세포 사이에 조그만 공간이 있다. 그곳에 우리보다 더 오래된 것들이 산다. 손가락 끝에 눅눅한 바람이 고인다. 당신은 원념의 바다에서 파생된 존재이다. 늪이 끓어오르고 있다.

어쩌면

플러그를 뽑아도 삶이 끝나지 않는다

검은 화면 바깥에 검은 화면이 존재하지 않는다

단지 내가 한 겹일 뿐이라면

어떤 몸부림으로도 떨쳐 낼 수 없는 장막이 되어

피범벅이 된 우비가 되어

너를 감싸서 진흙 속 덫처럼 여러 겹을 잘라 내고

고꾸라지는 이마와 끌어당기는 뒤통수의 접점에서

고목나무는 간신히 서 있다 인간이 아닌데도 불구하고

손끝에서 피어나는 불꽃

사랑하지 않는다면

손가락은 결국 입속으로 들어가 썩는다 ⎯

가속도

버스는 가장 먼저 틈을 빠져나온다 공중에는 혀를, 땅
바닥에는 꼬리와 함께 나타난다 너는 뒷좌석에서 구토를
하고 그것은 나의 배 속을 부정하는 것 같다 가로등과 가
로등 사이 여기서 헤어지자고 말하는 것 같다 먼저 앉은
사람들은 창밖으로 휴지를 던지고 입을 벌린다 뒤따라오
는 운전자에게 자신의 유품을 건넨다 버스의 모든 소리들
뒤에는 휘날리는 머리카락이 있다 그 길이는 너와 나 사
이 대화의 길이다 순간 쾅 닫힌 창문에 목이 잘려 나가더
라도 치솟는 언덕들은 아주 가볍게 만들어져서 우리는 체
감하지 못하고 도시 위에 허우적거린다 흘러가는 무명의
역사 속에서 은신처를 찾아 다음 정류장으로 향한다 가로
등들이 더 멀리 달려가기 위해 서로의 어깨를 끌어당긴다
저마다 창틀에 손을 얹고서 펴진 적 없는 척추처럼 부끄럽
게 꺼낸 말들은 운전대 속에 숨어 보살핌 받으며 그 회전
속에서 거의 범람할 것처럼 보인다 사연보다는 곡선이 더
많아진다 수런거리는 세계 곁에 그리고 후세를 위한 길잡
이로서 시체가 여기저기 나뒹군다 기계에 가까운 침묵을
삼키고 있는 것이 너라면 열 손가락으로도 모자란 작은 종
점들은 도처에 펴져 얼마나 빨리 사라지는가 타오르는 바
퀴는 두툼해진 혀에 대한 반역이고 우리는 어디에서 왔으

며 말이 다시 죽음으로 돌아갈 수 있는가

모두 죽는다

역 앞에서 본 환자를 극장 앞에서 마주친다 목덜미 속
에 돌멩이가 달그락거린다 누구라도 침묵을 표현할 수 있
다 허공으로 번지는 주름이 귀가하는 이들 때문이라면 역
사는 두 가지 모습으로 반복된다 검은 개와 흰 개는 놀라
서 나의 발을 문 채 놓지 않는다 살려 달라는 한마디는 조
각조각 나뉘어서 극장 앞에서 새 주인을 기다린다 그것
은 환자의 의지와 일치한다 한 걸음이면 충만한 세계, 눅
눅한 기름으로 뒤덮인 방지턱에서 젊은 부부가 인쇄되어
나왔기 때문이다 모든 의지를 대표해서 기꺼이 신 앞으로
끌려 나간 것이다 붕대를 휘감은 모습으로 농성을 시작한
다 관객들은 서슴없이 살을 뜯어 간다 개의 목을 빌려 현
장에 주저앉았다가 허공으로 떠오른다 태생이 노예다 태
어나기 전 목줄이 주는 안도감으로 발가락의 피를 음미하
는 한 쌍이다 누구라도 이 싸움에 속한다 핏줄에게 물려
받은 못자리를 아름답게 만드는 수사학처럼 비굴하게 살
아갈 수 있다 암전 속으로 많은 환자들이 사라지고 기억
마저 흐릿해진다 다가오는 잘린 신체, 분노하는 나는 누
군가의 우상이 된다

74

파종

가슴을 치다가 불현듯
티셔츠 속 개미핥기를 터뜨려 버렸다
우리가 그의 독자였듯 그 또한 우리의 독자였는데
그동안 얻었던 장소들이 피를 흘렸다
몸을 잃어버린 꿈이었다
가슴은 움푹 패일수록 자기 자신의 면적을 억측했고
곰팡이 한 점 없는 빈터가 이어졌다
부풀어 오르는 혈관으로 곳곳에 개미집을 번식시켰다
죽은 수개미들이 혀끝으로 역류했다
한 뼘의 무덤 안에 틀어박히고 싶은 기다림이 그러하듯
가슴 위에 달라붙은 나무의 뿌리를 뽑아냈다
이국의 숲속이었다
우리는 뒤바뀐 갈비뼈 아래에 누웠다
그 속살이 우리를 갈라놓았다

섬광

—

눈을 충분히 찌그려서
맨땅에 송곳이 돋아날 때까지

깜박임마다 생기는 얼룩이 제 허물로 만져지는
아직 반만 구겨지고 반은 삼키는 얼굴이지만

어떤 크기의 빛이든 토해 낼 수 있다

숙취에 빠뜨리는 비탈길 위에서 소화를 끝내지 못한 만
큼
몇 개의 두개골을 굴리면서 세월은 고갈된다
밀려드는 토사물에 허우적거리는 것은 한밤중의 해바라
기가 잘게 부서진 검은 이빨을 드러냈기에

말 못 하는 꽃의 입속에 인간의 혀를 집어넣듯이
독이 든 어금니를 인파에게 물려주며

얼굴을 감싸고 있는 붕대가 풀어진다 그런 호흡은 터무
니없이 긴 식도를 나타나게 한다
한 묶음의 칼날이 어느 배곯은 이름에게서 날아왔는지

—

안다

　수십 갈래로 갈라진 혀 사이 불에 탄 이빨들을 기억하
지만
　목을 구부리기만 하면
　때때로 하나의 꽃잎으로 퇴적되는 것을

　하루를 빌어먹을 애무들
　식도 끝에 잠겨 있는 백골의 남은 피를 되새김질한다

　지금껏 오역처럼 쌓인 인간의 체위
　안에 스며든 시멘트로 엉켜
　서로를 붙들고 있듯이

　만개를 원하는 자에게
　무너지는 함성의 세례는 버겁지 않다

붉은 달

너는 창가에 앉아 있다. 죽은 시계를 보면서 밤의 날씨를 예감한다.

속옷 속에 숨겨 놓은 지도를 꺼내 보여 준다. 하얀 앞니가 조금 자란 날에는 붉은 숲에 비가 내릴 것이다. 한쪽 장화를 잃어버린 아버지들이 장작을 패고 있다. 빗물의 무게를 견디며 키가 작아지는

늪에 빠진 장화에는 돌멩이들이 가득하다. 눈꺼풀을 닫을 때마다 지하로 내려가고 있는 눈알들. 그것을 찾아오면 너는 창문을 조금 더 열 것인가.

유리에 비친 얼굴을 문지르면 비가 잠시 멈춘다. 커튼속에서 너는 젖은 옷을 벗는다. 머리를 말리는 동안 팽창한 달이 해를 삼킨다. 귓속으로 들어간 달을 꺼내는 데에만 다 쓴 우리의 유년.

아버지는 언제나 우리를 부르고 있다. 유난히 긴 엄지로 두 눈을 꾹 누르며. 뒤통수를 뚫고 나온 손톱이 가리키는 곳으로 길 잃은 늑대들이 걸어간다.

대문을 긁는 소리에 너는 문을 연다. 피 냄새를 맡고 달려드는 늑대의 등에 엄지만 한 종기들이 열려 있다. 너희는 끌어안고 몇 바퀴를 구른다. 살갗과 갈비뼈 사이에서 떨어져 나가는 진흙은 머리카락처럼 단번에 굳는다.

　벗겨진 천장에서 다시 비가 내린다.
　굴뚝으로 올라가는 너의 뒤태에. 화롯불에.
　신들이 기어오른다.

수치심
—미조(迷鳥)

　　몸이 시작될 때 너는 죽음으로부터 돌아온다 말라붙은 옷가지들이 주인도 없이 날아가는 이유다 두 개의 공중을 지나 너는 펄럭인다 검은 땅으로 뿌려지는 점자 같다 파열음이 들리고 벌어진 틈이 생긴다 그 틈에서 너는 밀려와 모든 건물을 깃털로 적신다 행렬에서 벗어나 완전한 문장으로 변하기를 원한다 고통조차 마취된 채 높다랗게 뻗어 올라간 전신주를 뽑아 버린다 세상은 너의 발끝에 걸려 벗겨진 피부에 불과하다 심장, 허파, 흩어진 내장들은 폐수를 뒤집어쓴 매복이다 그것들은 충동적으로 폭발한다 너는 박차를 가하고 남아 있는 인간들까지도 날갯짓 속으로 휘말리게 한다 그 소리는 죽음이 멈추길 기다리는 나를 부른다 너는 나에게 혀를 내밀고 모든 신앙을 말한다

장마

수도꼭지 속에서 가래가 끓는다 낮은음으로 죽은 누나
를 부르고 있다 귀가 잘린 바니 인형들이 장롱 안에서 치
마를 벗는다 아무도 고개 숙이지 않았는데 바닥은 끈적거
린다 천장의 격자무늬마다 검은 털이 수북하다 젖은 이불
을 덮고 밀렵꾼이 숨을 몰아쉰다 베개 속에 욱여넣은 귓
바퀴들을 휘젓는다 귓속에서 파도 소리가 흐른다 배에 힘
을 꽉 주면 벨트가 흐물거리고 잡아당기면 해안선이 펼쳐
진다 허리를 들썩이는 침대를 위해 나는 문틈에 손을 고
정시킨다 밀렵꾼이 문을 발로 찰 때마다 시퍼렇게 질린 얼
굴이 맛있게 익어 간다 잘린 손가락을 세워 놓고 촛불이
될 때까지 이마에 붙은 지폐 한 장에는 엄마의 전화번호
가 적혀 있다 빨리 어른이 되어서 촛불을 끄고 싶은데 매
일 촛불이 켜졌으니 지금은 꺼야 할 텐데 사냥은 언제 시
작해야 할까 모두 일기를 꼬박꼬박 쓰지 않은 탓이다 변
명하는 사람을 싫어하니까 싸구려 비비탄총은 잘못이 없
다 혼잣말을 하는 시간이 늘어난다 방아쇠를 당길까 집 안
에서 털을 날리는 것을 참을 수 없다고 그랬다 키가 제일
큰 인형은 밀렵꾼을 사랑하니까 자신의 배를 과녁으로 쓴
다 흙탕물을 토해 내고 있다 우리는 발을 첨벙첨벙 구른
다 전화벨이 울릴까 남자와 여자 목소리는 얼마나 다를까

총성이 울린다 선풍기 바람을 삼키며 기억을 지운다 침대
가 혼자서 떠내려가도록 놔둬야 할까 늦잠을 자고 싶은데

마술사의 진심

　몸을 뚫고 나오는 칼날에 깃털이 돋아난다 날갯짓으로 허공을 적시면 숨겨진 유리창들이 색깔을 가진다 목을 맬 밧줄이 길을 잃고 콧속으로 들어간다 관중들의 머리가 뾰족한 백사의 머리로 변한다 매듭이 생기는 곳곳에서 불꽃이 피어오르고 금발 천사의 부글거리는 타액은 카펫을 녹인다 뼈를 드러낸 바닥이 숨을 고른다

　혀를 잡아당기며 포옹하는 동안 팔의 길이와 공포의 길이를 비교해 볼까 머리카락을 자르듯 너의 팔을 자르고 다시 기르고 길러 가느다란 팔에도 파마를 할 수 있다면 나는 스테이지를 망칠 것인가

　팔이 긴 천사와 사랑에 빠진다 머리카락이 아닌 살갗으로 몸의 구석구석을 묶어 줄 수 있으니까 팔에는 나무처럼 뿌리가 있고 세게 잡아당기면 뿌리째 뽑히기도 하는 마술 사랑했던 이들의 팔을 뽑으면 매듭은 늘어난다 구렁이처럼 똬리를 틀고 있는 건 팔의 생존 방식 껴안거나 조르는 사랑의 방식 이제 스테이지가 울창해진다

　머리카락은 두개골에서 자라는 팔의 자식들이다 매일

매일 머리카락을 탯줄처럼 잘라 관중석에 심는다 칼날에
돋아난 것은 깃털이 아니라 백발의 가발 검은 머리와 흰
머리 사이에 태어난 구멍들로 저글링을 시도한다 마술로
는 풀 수 없는 매듭 단지 너는 트릭일 뿐이니까

뒷모습

손을 잡고
끌고 가는 너는 등이 뚫려 있다
그 속으로 전봇대의 중간을 보고
낮게 나는 새를 보고
한곳을 맴도는 아이의 허리띠를 본다
바지가 곧 흘러내릴 것만 같은
걸음걸이가 있다
창문을 열 듯 등에 손을 넣고 벌린다
푸른 사과들이 쏟아지고 아이가 넘어진다
너는 검은 비닐봉지를 들고 있다
바닥에 흩어진 사과들을 모아서
아이는 뛰어간다 주인을 잃은 개들에게
무단횡단을 하고 멈춰 선 차와 너희들의 간격
더운 바람만이 지나갈 수 있는 자리
욕을 내뱉는 너는 등이 녹아내리고 있다
등을 구부리고 구멍 난 사과를 줍는다
나뭇잎이 너의 등을 통과하고
아이의 입속으로 들어갈 때
우리를 닮은 그늘들이 뒤엉킨다
저녁 시간에 늦지 않기 위해

너는 손을 놓는다 바람이 멈춘다
손목에 남은 붉은 자국
신호등이 켜지고
나는 아이의 손을 잡고

은행의 구애

먼 길을 떠나기 위해 나뭇가지에 한 사람이 목을 매단다 그가 떨어지면 바닥에 금이 생긴다 땅이 떨어지는 열매를 받으려고 입을 벌리는 것이다 깨진 머리에서는 어떤 소리가 담겨 있다 검푸른 뇌의 주름은 음표의 꼬리 같고 나는 그것을 보며 노래한다 저녁에는 귀가하는 모든 것들이 죽음에 가까워진다 노래가 끊어질 때마다 공중에서 엉키고 끝내 핏빛 속에서 하얗게 타 버린 도시 위로 추락한다 메아리가 메아리로 휩싸인 시간이다 영혼은 덤덤히 일어나고 떨어진 몸은 낙엽으로 덮여 있다 인간에게 주어진 무게는 그뿐이기에 나는 서성거린다 그 사이를 헤치며 구급차가 뻗어 간다 나는 인파 속으로 밀려나고 우리의 윤곽을 훔친다 인간과 인간은 더 이상 닮지 않는다 언제나 겹치고 있을 뿐이다 나는 오직 이 합창 속에서만 죽어 간다

오후

허리를 구부린다 등은 할 말이 많다
사선으로 움직일수록 아프지 않은 척
척추를 따라 그린 나무에게
신맛이 나는 벌레를 넣어 주고 무른 사과를 따 먹고
많아진 다리를 오므리는 뿌리에게
누군가의 천장이 내려온다 표정이 조금 일그러진다
그늘에 갇힌 사람들은 눈을 감는다
나무가 바람에 흔들린다

비겁한 피부

주머니 속에 넣어 둔 문고리를 찾고 있을까
주정하는 나무가 초인종을 누를 때, 갈라진 풀섶에서 벌
레들이 숨을 죽일 때

더 깊숙이, 깊숙이

붉은 돌멩이를 삼키고 발바닥이 축축해지고
담벼락 끝에 매달려서 바람을 피할 수 있다 골목을 돌 때

귓속에 손가락을 넣고 지나가는 사람에게 떨어진 우산
에게로 말을 건넨다 살냄새를 맡는다 이대로 흘러가기엔
우리는 목소리가 작다 펼친 우산 속으로 들어가기 위해
머리카락이 짧다

잠긴 문들이 소리를 낸다 실눈을 뜨면 늙은 나무들이 걸
어온다 손에 들고 있는 빈 병에 젖은 흙을 담는다

더 깊숙이, 깊숙이

무릎을 꿇고 그 무릎을 밟고 올라선 나무의 하체처럼,

사랑한다 신발을 벗을 수 없어서 사랑한다 정수리에서 흙
이 떨어진다 잃어버린 단추를 찾아 여섯 번째 성기를 찾아

딱딱해지고 싶어서 귀를 만진다 귓속에 울음을 모아
두었다

물음의 밤

이 방이 얼마나 무거운지, 침대는 스스로 중력을 거스르는지
우리는 가벼운 잠이 든다, 무서워서 이불을 돌돌 말고 공중에서 멈춘 계단을 바라보고

같은 그림자 속에서
우리는 조금 울음을 참는지

어린 새의 입 모양으로 상한 우유를 줄줄 흘리는지 나는 너를 거품처럼 끌어안는다

연보라 입김이 생기기에 좋은 날 말할 수 없는 일이 얼마나 많았는지를 앞니들이 우수수 떨어지고 찡그린 얼굴의 주름이 거울로 옮겨 가고

젖은 머리카락은 십 년 후에도 젖어 있을 것이고 나의 팔은 당장 내일이라도 떨어질 텐데 몇 개의 못을 내리쳐야 날아가는 침대를 붙잡을 수 있을까

삐걱거리는 창틀을 잡고 너에게 간다 이불이 발목에 감

기고 거울에게 날카로운 것이 없었다면 깃털은 올까 천장
을 보면 입술을 베이고

　이를테면, 우리가 날려 보낸 나비의 날개는 사람의 살
갗이기를 새의 부리에 꽃가루가 묻어 있고
　입을 벌리며

　새와 함께 계단에서
　뛰어내리기를

그물의 번식

춤을 추는 것이다 너를 도려내기 위해서

갈변한 피부를 물어뜯고
흰 깃발을 반쯤 내려 의식을 유지한다

우리를 둘러싸고 있는 옥상들이 무릎을 꿇는다
거인을 흉내 낼 수 있다
하루를 늘릴 수 있는 층계의 끝으로
높은 유리창에 비친 밤은 성장을 멈추었으므로
절제를 모른다

그을린 나방들이 모여서 술 취한 상반신으로 번지고
두 다리, 뽑아낸 전봇대 아래에 남아 있는 뿌리

거인의 힘으로 우리를 이끄는 신의 머리카락을 쓸어내
리기 위해

우리가 어떻게 이 행진 속에 끼어들게 되었는지를 기억
하면
절반의 영원 속에서도 살아갈 수 있다고

두개골의 언덕에서
길 잃은 직선이 구부러질 때

보이지 않는 산사태가 검은 공중을 밀어낼 것이다

내리막길

몸이 굴러가는 동안 안과 바깥이 뒤집힌다. 돌돌 말린 살가죽을 풀어내면서 나는 단지 넘어지는 것에 중독된다. 비탈길보다 길어진 혀를 붙잡고 경로를 색칠한다. 몸이 거대해져서 하나의 생태적 건물이 될 때까지. 마스크를 쓴 채 피부를 얻기 위해 흐물거리는 미끄럼을 탄다. 달려오던 구급차가 뒤집히고 나서야 가족을 받아들이도록. 몸 위에서 피어나는 몸. 손을 잡고 일어서는 것과 손톱에 베이는 것 무엇이 더 위중한가. 식도를 열어 그 속에 살고 있는 매미를 방생한다. 만찬을 기다리는 손님의 혀에 가윗날이 뿌리내리듯이. 그것을 인사라고 할 수 있을 것 같다. 사람을 먹은 기계도 먹다 뱉는 사람을 먹은 빈집도 눕는다. 절정에서 내려오는 동안 몇 가지의 다리를 부러뜨렸나. 다리가 없는 것들은 미련하게 글을 쓴다. 머리를 풀어헤치고 헬리콥터처럼 가벼워지는 기분을 모른다. 어떤 속독으로도 붙잡을 수 없는 척추의 솟아오름을. 죽은 사람에게는 다리가 없으므로. 부서진 이빨들이 물고 있었던 말을 하나하나 줍는다. 몸을 둘러싼 창문이 흥건해질수록 색깔의 역사 속에서, 목차에서, 기울어진 식탁 위에서 가죽이 벗겨진 개들이 사나워진다. 간절히 기다렸던 죽음인 것처럼.

종점

—

삶이 한 권의 밤에 불과하다면 검은 날개처럼 무성해지
는 머리카락은 서쪽으로 흩날리고

머무르지 않는 누군가의 숨에 불과하고

그 질김으로 인해 흘러나오는 방음벽 안에서

꿈틀거리는 수십 개의 열차들이 누군가에게는 잃어버
린 척추가 되듯이

터널은 커다란 이빨을 드러낸 채 우리의 노동을 위협
하고

우리가 발 디딘 곳이 파란 핏줄로 뒤덮인 피부로 변할
지라도

하나의 정착지를 부르면서 여러 겹의 몸을 벗겨 낸다

나 그리고 당신의 몸 안에 깊은 잠이 조산되고

간헐적인 울음이 시작된 뒤에도 어둠이 전진할 수 있
도록

열차는 여전히 인간을 집어삼키고 죽음과 구토는 구별
할 길 없다

인간이 뒤통수를 가지고 있는 것은 그것이 모든 터널을
집어삼키는 구멍이기에

얼어붙은 목을 뻗어서 구멍 속을 헤집고

인간과 인간 사이를 부유하며 먹이를 찾는 갓난것의 미

—

래에게

    구부러진 칼날이 쏟아지는 공중의 모습으로

    날이 밝아 오는 것을 막아 내기 위해 얼마나 많은 피를
머금어야 하는지를

    낮의 격렬한 산란 속에서 살아남은 그림자처럼

    끝없이 떠오르는 우리가 한 권에 불과하므로

    인간의 마음이 어디에서 왔는지 알지 못하듯

    두 개의 노래, 갈라진 두 줄기의 열차는 서로의 목을 휘
감는다

동일성

　늙은 담벼락은 돌아서 있다 숨을 가다듬는다 엎질러진 저녁놀처럼 그림자도 실패이다 몸은 끝내 불이 되지 못한다 많은 말을 하지 않아도 그을음의 맛을 가늠한다 유일한 방문객처럼 낯빛이 어둡다 낯익은 웅덩이들이 부글거리며 웃음을 참고 있다 그 안에서는 암수 사마귀가 노닐고 있고 나는 한쪽 다리가 짧다 문제는 아주 간단하다 그들이 빠져 죽을 때까지 기다린다 어른이 된다 어른의 다리가 된다 밤이 올 때 성찰을 시작하는 신자처럼 두 팔을 파닥인다 갑작스런 울음에 대기는 뜨거워진다 담벼락에서 터져 나온 당신은 내 앞에 서 있다 그러나 당신이 어떻게 왔는지 모른다 모든 것이 소란스러워졌다

가족의 건축

　벽돌을 삼켜서 배 속에 새집을 지어요 물에 가라앉을
때까지
　각이 져 버린 목에 못을 박아 시계를 걸어 놓아요 숨을
오래 참을 수 있나요?

　목구멍 속으로 들어간 손가락은 부풀었다 줄었다 지금
까지 삼킨 설계도를 두루마리 휴지처럼 끝없이 뽑아내더
라도 구역질을 해서는 안 돼요 부실 공사로 이어지니까요

　토사물의 온도는 혀보다 따뜻할까요? 이불을 뒤집어쓰
고 오줌을 참은 적이 있다면
　비슷한 색깔끼리는 투명한 혈관으로 이어져 있다는 걸
느꼈겠죠 노란 침대와 누런 이빨 그리고 황달은 같은 피
가 흐르는 혈족

　말라붙은 혀로 입안을 핥듯 벽지를 붙이는 것도 다 호
흡이 한발 늦기 때문이죠 트림은 낡은 가구를 다 게워 내
고 나서야 배 속으로부터 올라옵니다 냄새가 노란 색깔을
가질 때까지 울렁거림은 멈추지 않아요

얼굴만 있는 괴물이 쇠사슬에 묶인 채 공중에 떠 있습니다 턱을 치면 입이 떡 벌어지는데 그렇게 대문은 열리는 겁니다 목구멍을 올라온 인부들이 늘어진 혀를 밟고 행진하고 있어요 입 냄새가 솔솔 풍겨 오면 뛰는 겁니다

배 속에서 울리는 초인종을 들어주세요 새집에서 아빠 엄마가 기다리고 있으니까요

공터의 둘레

그을린 몸으로 흘러온다 긴 발톱을 세운 채 죽은 부엉이
의 성기를 움켜쥔다 입을 대고 숨을 불어넣는다 젖은 깃털
을 뽑아내고 그것에 끝없이 불을 붙이는 것

화살을 등에 멘, 흑점으로 뒤덮인 뒤통수의 아이들이
있다 처음으로 맞닿을 때 차갑고 뾰족한 메아리를 안심하
게 한다 부엉이 무리를 품고 있는 구름은 들숨이다 공터의
끝과 이어진 세계가 날숨이라고 생각한다면

아이들의 노래가 철조망 밑으로, 죽은 자의 발밑으로
스며들고 있다 툭 터져 나온 가래 속에서 화염이 춤을 춘
다 땅에 박혀 있는 철근을 소화해 내려고 애쓰고 있을 때,
광장을 밑으로 잉태하는 순간이다 서로의 몸을 뒤섞기 전
커다란 구멍 속에 잠겨 있을 때이다 죽은 어른들을 불러
모은다 사라지려 하기보다는 흩어지려 하는

탈골된 새벽은 성장의 과정을 전부 지나친다 성기의 모
태가 되는 것은 아이들의 얇은 입술이다

더 나은 세상

　가장 괴로운 꿈에는 몇 사람이나 들어가 살 수 있을까. 혀 밑에 남아 있는 손톱보다도 물러 터지게 나는 환생에 관심이 있어서…… 희끄무레한 침을 흘리는 아침 인사처럼 푸드덕대면 전생은 구석구석 음식물 쓰레기처럼 쌓인다. 휘발유를 마시면서 조그만 불씨조차 소중히 여기면서 너의 손가락을 깨문다. 온종일 울어 대는, 머리가 둘 달린 닭을 튀기고 새벽 4시마다 찾아오는 청소차에게 먹이로 준다. 만인의 죽음에 맞서 구부러트린 목뼈를 서너 개 거슬러 오르는 것이다. 온순한 심성과 날카로운 손톱을 기꺼이 숭배하는 종이에 모니터에 신전에 1위는 수컷 2위는 암컷 3위는…… 하지만 그들은 다시 구석으로 비탈 아래의 화전(火田)으로 축축하게 흘러내린다. 그 어떤 대물림 속에서도 닭의 허물만으로는 살 수 없는 이유다. 끊임없이 거슬러 올라 포로를 토막 내는 선사시대의 벽화를 보면 몸은 얼마나 달아오를까. 누군가 먼저 죽지 않았다면 나는 아직도 너를 기억할 수 없을 것이다. 그것은 최초의 귀에서 휘발유가 범람하기 위해 점쳐졌다. 나는 증언한다. 운구차가 싣고 가는 꿈에서 몇 가지 극성스런 걸작이 나왔다. 가난한 주관 그리고 살의가 없어진 지폐는 깨어나지 않는다.

아르카디아에도 나는 있다

손바닥에 고인 땀이 끓는다
모공마다 뿌리내린 버섯들
재채기를 참다가 옥상에서 굴러떨어진
발목은 제짝이 없으므로
팽이처럼 제자리를 돌고 있다
겁에 질린 도마뱀이 꼬리를 버리고 떠나는 것처럼
두 손에는 망치와 못 그리고 힘주지 않고 소리를 지르
는 법을
소금물 속으로 가라앉은 양귀비를 꺼내 씹는다
모든 이가 닳아 없어질 때
떨리는 손으로 얼굴을 만지고 구기고 늘려서
뒷사람에게 건네고
간헐적으로 이어지는 대화
울음에 절은 탯줄만이 우글거린다
그것은 누가 흘린 잉크일까
우리는 그 무늬를 목욕시킬 문장력이 없는데
희미하고 고귀한 사랑으로
벗겨질수록 사람을 닮아 가는 시멘트 바닥
저녁의 비포장도로가 끊어지고
새로운 아침의 포장도로가 몰려올 때까지

무당벌레 떼는 옹알이를 시작한다
무궁무진한 온점들에 비하면
그 연민은 가장 일방적이다
사랑을 깨고 나온 그들은
검은 우산 속에서도 옷을 여러 겹 껴입는다
그림자의 관절이 꺾이고
몸에서 김빠지는 소리가 나면
조금 더 우매한 방향으로
뿌리를 드러낸 나무표지판에 속아서
우리는 말을 고른다
오랫동안 숨죽인 장작을 모아서
망치를 든 자에게 안겨
느리게 방어하는 자의 품으로 번져 나간다
한 무더기의 무덤을 파헤치고 달아난
파충류의 긍지에 휩싸여 있다

●아르카디아에도 나는 있다: Et in Arcadia Ego.

나의 적의, 당신들의 전위

박혜진(문학평론가)

쫓겨난 세대

우리의 낮은 어둡다. 그리고 밤은 너무 밝다. 꿈속의 낮을 헤매고 불면의 밤을 지새우는 우리에게 피로와 피곤은 시시포스의 바위와도 같다. 밀어 올리고 또 밀어 올려도 뒤따르는 것은 또다시 밀어 올려야 하는 기약 없는 노동뿐이다. "썩어 가는 어둠 속"에서 우리의 밤은 캄캄하지 않고 바래어 가는 빛 속에서 우리의 낮은 환하지 않다(「환태평양 조산대」). 어두운 낮과 새하얀 밤이 빚어내는 어긋난 시간 속에서 쌓여 가는 불안과 불면은 우리의 만성적 질환. 낮으로부터 버림받았으나 밤으로부터 환대받지 못하고 밤으로부터 소외되었지만 낮으로부터 회복되지 못하는 우리를 세계는 따돌린다. 충분히 깨어 있지 못하고 충분히 잠들지도 못하는 "우리는 끝없는 계단에서 막 쫓겨난 것처럼 떠 있다"(「만발하는 혀」). 쫓겨난 우리는 포획당하는 대상에 지나지 않는다. 우리는 목적이다. 수단이고 도구이며 마침내 "갈가리 찢기고 썩어 가는 미끼"였음이 드러난다. "밀렵꾼들이 심어 놓은 작은 덫에 걸리기 위해"서만 눈에 띄는 우리는 사냥감이었음이 밝혀진다.(「나를 거부한 시에게」)

시집을 읽으며 볼프강 보르헤르트의 흔적을 발견할 때마다 보르헤르트 식으로 '우리'에 대해 정의 내리고 싶은 충동에 사로잡히고는 했다. 그러나 그를 흉내 내기에 그의 시대가 품었던 좌절과 비관은 우리 시대의 그것에 비해 너무나도 절대적이라는 인식이 충동의 발진을 제어했다. 스스로를 '이별 없는 세대'로 정의하며 좌절한 청춘의 아이콘이 된 보르헤르트의 배경에 2차 세계대전의 비극이 있었다면 그의 흔적을 흉터처럼 지니고 있는 우리 뒤에는 무엇이 있을까. 끝내 떠올리지 못했다면 좋았겠지만, 불행히도 나는 이내 우리의 비극을 찾아내고 말았다. 더 이상 성장을 이야기하지 않는 세계에서 종말의 서사를 현실로 받아들이며 소멸을 목격하는 우리는 기대할 것이 없어서 실망조차 없다. 지구의 소멸이 카운팅되고 있는 지금 우리에게 요구되는 것은 가지지 않는 것, 포기하는 것, 기꺼이 불편해지는 것이다. 보르헤르트는 청춘을 '젊지 않다'고 말했지만 김호성이라면 청춘을 이미 늙은 것이라 말하지 않을까. 「개성 없는 세대」에 등장하는 무덤과 기둥의 결합은 조로한 세대의 내면에 기입된 사연을 낙담도 희망도 없이 내비친다.

무덤은 기둥이 되기 위해 초원으로부터 솟아오른다 정수

리 위로 행성들이 미끄러진다 흰 머릿결만이 그것들을 공중
에서 이어 준다 나의 두개골은 밤의 중심이 된다 덜 자란 무
덤은 수십 개 모공에서 증기를 뿜는다 길 잃은 외지인을 유
인해 같은 색의 핏줄 다발로 묶어 주는 일이다 핏물이 관 속
으로 흘러들어 간다

—「개성 없는 세대」 부분

 '무덤'은 과거를 품고 있는 땅속과 현재가 진행되는 땅
위를 연결하는 경계의 공간이다. 경계의 공간에서는 화자
의 머리로 형상화된 '무덤' 위로 행성들이 미끄러지는가 하
면 '무덤'에서 증기가 뿜어져 나와 '무덤' 밖의 사람들과 연
결되기도 한다. '무덤'이라는 죽음의 공간이 하늘의 시간과
인간의 시간을 연결해 주며 세대에서 세대로 이어지고 있
는 셈인데, 이는 마치 '무덤'이 세계를 유지시키기 위한 '기
둥' 역할을 하고 있음을 가리킨다. 그러나 '무덤'과 '기둥'은
상반된 이미지를 지닌 개념이다. 죽은 자를 품고 있는 '무
덤'이 생의 끝과 종말을 상징한다면 단절된 공간 사이를 이
어 줌으로써 새로운 공간을 만들어 내는 '기둥'은 연결과 지
속을 상징하기 때문이다. '무덤'이 '기둥'이 된다는 상상은
이미 완료된 세상이자 성장하지 않는 세상, 끝을 향해 달려
가고 있다는 사이렌이 울리기 시작한 세상을 살아가는 세
대만이 그려 낼 수 있는 이미지다.
 「개성 없는 세대」는 김호성의 첫 시집이 독기처럼 품고
있는 '적의'의 다단한 측면을 요약하는 동시에 대표하는 시

로 충분한 역할을 한다. 시에서 확인할 수 있는 것처럼 화자에게 하늘은 "무덤의 둘레에서 자라"난다. 부모의 내력을 이어받은 자식들은 "사지가 뒤틀린" 몸을 지니고 있으며 다가오는 것은 "더 큰 침묵"밖에 없고 "무덤의 모퉁이에 숨어 있던 조각상들"은 "칼을 꺼낸다". '무덤'의 둘레에서 자라난다는 것은 우리가 상상할 수 있는 모든 것들이 죽음이라는 범주로부터 벗어나지 못한다는 것이고, 뒤틀린 신체를 갖고 있다는 것은 물려받는 것이 무엇이든 그것의 배열은 앞선 것과 이질적인 결과로 도출될 것임을 의미한다. 그리고 말없이 칼을 꺼내 드는 침묵까지. 숙명처럼 주어진 죽음의 시간을 살아가는 이들이 비틀어서 만들어 내는 변화가 무엇을 의미하는지, 그 뜻은 침묵 속에 잠겨 있는 것처럼 보인다.

'무덤'으로 상징되는 완료된 세계를 이어받았고 그것을 '기둥' 삼아 미래를 만들어야 하는 우리에게 '개성'은 허락되지 않는다. 이미 존재하는 것에서 비롯되었으며 그 둘레를 벗어날 수 없다는 한계가 새로움과 고유성에 한계상황으로 작용하는 탓이다. 그러나 죽은 자들을 기념하는 '뒤따르는 사람들'의 세상에서 개성 없는 이들이 이어지지만 그 과정에서도 새로운 세대는 만들어진다. 윗세대로부터 이어받은 것으로 내 몸을 만들어야 할 때, 이어받은 것과 다른 나만의 것을 만들 수 있는 방법은 무엇일까. 동일한 정신도 다른 몸을 관통하면 다른 결괏값을 도출할 수 있다. 다른 배열과 배치가 가능하도록 내 몸을 바꿀 수 있다. 이를테면

뒤트는 것이다. 뒤틀림을 통해 안과 밖이 교차되고 안도 밖도 없어진다. 뒤틀림은 "개성 없는 세대"가 모두의 고통을 자신만의 고통으로 체화할 수 있는 방법이다. 김호성은 개성을 발부받지 못한 인간들이 타자화된 자신에게서 개성을 추출해 내기 위해 시도하는 뒤틀림에서 적의의 순간들을 포착한다. 뒤틀림은 미래로부터 쫓겨난 세대가 짓는 몸부림이자 납작해진 존재들에게 되돌아오는 메아리이며 시인 김호성이 세계를 연장하는 방법이기도 하다.

뒤틀린 인간

개념으로서의 '뒤틀림'이 지배적으로 작동하는 세계는 물론 물리학에서 말하는 상대성이론과 특수상대성이론을 통해 접하게 되는 영역일 것이다. 일상에서 경험하는 직접적인 감각을 통해 알 수 있는 것은 아니지만 동일성이나 하나의 흐름으로 인식되어 왔던 시간과 공간이 우리가 체감하는 것과 다른 방식으로 존재한다는 것은 이제 대부분의 사람들에게 상식으로 받아들여지는 것 같다. 시간과 공간의 뒤틀림을 주제로 한 소설이나 영화 역시 익숙한 이야기가 되었다고 말할 수 있을 정도로 양적으로 많고 질적으로 섬세하다. 우주를 경험하는 사람들이 지금보다 많아진 시대에는 보다 일상적인 경험이 될 수 있을까. 그럴지도 모르지만, 그럼에도 우주의 먼지 같은 존재인 인간에게 인간을 넘어서는 우주의 법칙 속에서 뒤틀림을 이해한다는 것은 여전히 어려운 일, 말하자면 다른 차원의 일일 수밖에 없을 것이다. 시간과 공간의 뒤틀림이 우주에서 벌어지는 일이라면 김호성 시에서 만나게 되는 뒤틀림은 인간이라는 우주에서 벌어지는 일이다.

「환태평양 조산대」는 우주와 인간 사이, 자연에서의 뒤틀림을 포착한다. 이 시에서는 뒤틀리고 솟아오르는 이미지가 보다 구체적이고 선명한 상황 속에서 재현된다. "무수한 혁명에 짓눌린 환태평양 조산대의 심기가 뒤틀리고 심해에 잠들어 있던 몸통이 솟아오른 것이 분명하다"고 말하는 화자의 눈에 대조를 이루는 것으로 들어오는 것은 "횡단보도만이 가득한 세계"다. '환태평양 조산대'와 전혀 다른 이곳, 반듯한 질서로 한쪽과 다른 한쪽을 연결해 주는 '횡단보도'는 뒤틀림을 허용하지 않는다. 오히려 뒤틀림을 막아선다. 숱한 방향들이 뒤엉키지 않은 채 서로를 교란하지 않을 수 있도록 시간과 방향을 정돈하는 일은 통제를 통해 서로 다른 욕망들을 조율하는 일이다. 그러나 땅 위에 그려진 흰색 줄무늬와 달리 '환태평양 조산대'는 에너지가 발생시키는 어긋남이 판면을 밀어 올리고 땅을 뒤흔든다. 땅 위에 선을 긋고 오직 그어진 선 안으로만 걸어가며 주어진 규율을 지키는 인간은 발아래에서 일어날 수도 있는 뒤틀린 에너지를 상상한다.

뒤틀림이 발생하는 또 다른 공간은 '절벽'이다. '절벽'이라는 공간을 통해 갈 길을 잃은 채 '허공'에 갇힌 자의 내면을 표현하고 있는 시 「만발하는 혀」에는 피 흘리며 서 있는 '절벽'이 등장한다. '절벽'은 틀림없이 '공간'이지만, '나'에게

'절벽'은 공간이라기보다 하나의 시간처럼 다가온다. '절벽' 앞에서 멈춘다면 이야기는 끝나지만 '절벽' 뒤로 뛰어내리는 쪽을 선택한다면 이야기는 계속되기 때문이다. 더 이상 뚫고 갈 수도 없고 그 자리에 주저앉을 수도 없는 막다른 상황에서 시인은 "절벽과 절벽이 뒤틀려 서로를 껴안는" 장면을 그린다. '절벽'이 서로를 껴안는 것은 "속이 울렁거릴 정도로" 강하게 '허공'을 붙잡는 일이다. '허공'은 형상이 없으므로 '절벽'끼리의 포옹은 뒤틀린 이미지로 보여진다. 이어지는 "촘촘한 그물"의 이미지와 "그 그물에 사로잡힌 새들"의 이미지는 '허공'의 포옹이 '그물'을 낳고 '그물'이 '새'를 안아 주며 계속되는 이야기로 발전된다.

뒤틀림은 틀린 것이다. 일그러진 것이고 복구되어야 하는 일이다. 그런 한에서 뒤틀림은 그릇된 일인 것이다. 그러나 앞선 두 편의 시에서 우리가 읽어 낼 수 있는 뒤틀림이자 시인이 의도하는 뒤틀림이란 에너지로서의 뒤틀림이고 생명을 살려 내는 뒤틀림이며 그런 한에서 꿈의 동작이고 이상향의 상태이기도 하다. 감옥의 쇠창살처럼 단단하게 그어진 땅 위의 흰 선을 무슨 법처럼 의심 없이 지키며 건너가는 동안에도 우리는 땅속에서, 혹은 바다 밑에서 심기가 뒤틀리고 잠에서 깨어나는 힘과 에너지를 상상한다. 뒤틀린 자연과 뒤틀림을 차단당한 인간. '환태평양 조산대'와 '횡단보도'는 한 사람의 내면과 외면에 대한 탁월한 비유가 된다. 부딪치고 끓어오르며 여기저기에서 솟아오르는 내면이 조산대의 이미지를 통해 표현된다면 정해진 선 안에서 정해진 시간 안에 건너가거나 건너오기를 끝마치는 외면은 '횡단보도'를 통해 표현된다. 내면에 조산대 같은 불안정을 품은 인간은 표면에 '횡단보도' 같은 통제를 두르고 있다. 내면과 외면의 불일치는 뒤틀림을 통해 서로를 마주한다. 뒤틀림은 인간에게 주어진 고통인 동시에 고통이 극복되는 방식이기도 하다. 김호성은 뒤틀림의 이중성을 정확하게 간파하고 있으며 이는 물론 인간에 대한 정확한 간파이기도 하다.

수치심의 기원과 미래

인간은 표면과 이면으로 이루어진 존재다. 인간이 느끼는 감정 중 표면과 이면의 뒤틀림으로 인해 발생하는 것이 수치심이다. 마사 누스바움의 표현을 빌리면 수치심은 "자신의 약점이 노출되었을 때 생기는 고통스러운 감정"이기 때문이다. 인간이라면 누구나 자신이 지니고 있는 약점이 드러나는 것을 두려워한다. 타자와의 관계 속에서 자신의 가치가 형성되는 사회적 존재로서의 인간에게 약점의 표면화는 타자와의 관계에 악영향을 미치는 결정적인 이유가 되기 때문이다. 특별한 배움을 통과하지 않더라도 자신의 약한 점을 안 보이는 곳에 숨겨 두고자 하는 것은 사람 사이에서 살아가는 인간의 본성이다. 그럴 때 뒤틀림을 통해 인간을 바라보는 이 시인에게 수치심은 하나의 종착지인 동시에 다음 종착지를 위한 정거장이기도 하다. 수치심에서 모종의 결과를 보는 것과 함께 새로운 시작을 볼 수 있다.

이 시집을 읽는 동안 가장 먼저 주의를 기울이게 되는 시편들은 '수치심 시리즈'일 것이다. 각각 "후기" "숨" "행선지" "퇴화" "미조(迷鳥)"라는 부제로 이루어진 수치심 연작은 불일치가 드러나는 상황을 거듭 묘사하거나 진술한다. 가령 「수치심—숨」은 '입김'을 불어넣어도 '새살'이 돋아나지 않거나 '입김'을 불어넣었지만 손가락 마디가 떨어져 나가거나 "응고된 핏덩이"만 허공에 멈춰 서는 난감한 상황을 제시하는데, 이는 생명을 불어넣는 '입김'과 전혀 다른, 오히려 아무런 역할도 하지 못하는 '입김'을 통해 내가 만들어 내는 에너지가 외부 조건에 미미한 영향조차 끼치지 못하는 한계상황을 극적으로 드러낸다. 불일치의 반복은 짙은 수치심이 되고 수치심은 강력한 패배감이 되어 급기야는 궁극의 단절이 우리 앞을 막아선다. "당신이 온다 문을 잠근다".

앞선 시에서 외부 세계와 내면의 세계가 만나지 못하는 단절과 고립을 읽는다면 「수치심—후기」에 이르러서는 영향을 주고자 하는 세계가 무엇인지, 나아가 외부 세계에 힘을 미치지 못함으로 인해 받게 되는 감정이 무엇인지, 즉 수치심의 내용을 조금 더 자세히 들여다볼 수 있다. "누런 종이들이 구겨진 입으로" "휘몰아치는 바다 위에서 모서리를 구해 달라고" 호소하는 곳은 창작의 세계, 그중에서도 활자를 통해 이루어지는 세계이다. 창작 과정에서 창작자가 경험하는 막다른 심정을 표현한 시 중 「나를 거부한 시

에게」에서 화자는 '성벽'이 "짙은 안개"처럼 떠다닌다는 말
과 함께 "무수한 하수구들을 발견했지만 잠의 내부로 이어
지는 통로는 없다"고 토로한다. "짙은 안개"처럼 떠다니는
'성벽'은 실체가 모호하므로 넘어설 수 있거나 없는 대상이
아니다. '안개' 속을 헤매며 '안개'가 걷히는 순간을 기다리
듯 '성벽'이 사라지기만을 기다릴 뿐이다. 창작자에게 수치
심이란 내부와 외부가 불일치한다거나 '나'의 약점이 드러
나는 데에서 발생하는 수치심과 구분된다. 그것은 오히려
외부 대상의 정체를 파악할 수 없는 데에서 오는 두려움이
다. 통로를 찾지 못했으므로 방향을 가늠할 수 없는 막막함
이야말로 거부의 실체이다.

　　두 개의 공중을 지나 너는 펄럭인다 검은 땅으로 뿌려지
　는 점자 같다 파열음이 들리고 벌어진 틈이 생긴다 그 틈에
　서 너는 밀려와 모든 건물을 깃털로 적신다 행렬에서 벗어
　나 완전한 문장으로 변하기를 원한다 고통조차 마취된 채
　높다랗게 뻗어 올라간 전신주를 뽑아 버린다 세상은 너의
　발끝에 걸려 벗겨진 피부에 불과하다 심장, 허파, 흩어진 내
　장들은 폐수를 뒤집어쓴 매복이다 그것들은 충동적으로 폭
　발한다 너는 박차를 가하고 남아 있는 인간들까지도 날갯짓
　속으로 휘말리게 한다
　　　　　　　　　　　　　　　―「수치심―미조(迷鳥)」부분

하늘을 나는 새의 움직임에서 "검은 땅으로 뿌려지는 점

자"를 보고 "파열음"을 듣는가 하면 "벌어진 틈"을 읽어 내는 화자는 행렬에서 벗어난 새의 모습을 통해 "완전한 문장으로 변하기를 원"하는 자신의 열망을 읽는다. "남아 있는 인간들까지도 날갯짓 속으로 휘말리게 한다"는 문구 역시 활자의 날갯짓으로 독자들을 휩쓸고자 하는 창작자의 마음에서 시작된 문장이라 할 수 있다. 표면과 구분되는 내면을 숙명처럼 받아들고 살아가는 인간에게 이면이 돌출되는 상황에서 비롯되는 수치심은 모종의 실패와 원하지 않는 상황에 대한 결과로서의 감정이기도 하지만 다음을 위한 중간 단계이기도 하다. 뒤틀림이라는 인간적 상황에서 수치심이라는 감정의 기원을 발견했다는 점에서 수치심 시리즈는 그 자체로 의미 있는 성과인 한편, 수치심은 감정을 넘어 에너지로 작동하며 이 시집의 절정이자 결정이라 할 수 있는 '반듯한 적의'를 예견케 한다.

반듯한 적의의 탄생

「적의의 정서(正書)」에 이르기 전에 반듯하지 않은 채 훼손된 '나'들에 대해 먼저 살펴볼 필요가 있다. 「내리막길」에 등장하는 화자인 '나'는 "몸이 굴러가는 동안 안과 바깥이 뒤집힌" 채 "돌돌 말린 살가죽을 풀어내면서" 넘어지는 것에 중독된다. "다리가 없는 것들은 미련하게 글을 쓴다"는 진술이 가리키는바, 굴러떨어지는 내리막에서 안과 밖이 뒤집히며 뒤틀리고 살가죽이 벗겨져 나감에도 불구하고 화자는 부서지는 상황에 기꺼이 중독됨으로써 하강에 저항

하지 않는 모습을 보인다. 하강하고 있다는 사실과 그로 인
해 발생하는 훼손에 저항할 수 없다면 차라리 중독되어 버
림으로써 하강이라는 상황에 포함되는 편을 선택하는 것
이다. "지하로 스며드는 물에게 목적지를 묻지 않는"(「용서」)
것처럼 부분이 된 화자에게 남은 것은 전부가 되는 것이다.
전부를 가질 수 없다면 전부를 구성하는 일부가 되는 것은
싸우지 않는 것이 아니다. 싸움의 다른 방식일 뿐이다.

> 우리를 둘러싸고 있는 옥상들이 무릎을 꿇는다
> 거인을 흉내 낼 수 있다
> 하루를 늘릴 수 있는 층계의 끝으로
> 높은 유리창에 비친 밤은 성장을 멈추었으므로
> 절제를 모른다
>
> (중략)
>
> 우리가 어떻게 이 행진 속에 끼어들게 되었는지를 기억
> 하면
> 절반의 영원 속에서도 살아갈 수 있다고
>   ─「그물의 번식」 부분

'그물'은 '절반'을 취하는 방식이자 '절반'을 버리는 방식
이기도 하다. 전부를 가질 수 없는 세계에서 '그물'은 애초
에 '절반'을 버림으로써 '최초의 절반'을 가능케 한다. 전부

를 가질 수 없는 자가 전부를 갖지 않고도 상실감을 갖지 않을 수 있는 방법은 처음부터 부분만을 갖는 것이다. '나'의 분노와 '나'의 싸움은 "그물의 번식"을 통해 "절반의 영원"을 추구한다. "절반의 영원"은 삶과 죽음을 바라보는 시선을 통해서 그 의미가 더 분명해진다. 일그러지고 닳아 없어진 삶에 대한 파편적 묘사들을 중첩시켜 삶에 대한 피로한 감각을 전달하고 있는 시 「아르카디아에도 나는 있다」는 니콜라 푸생의 회화 「아르카디아의 목자들」에 그려진 해골에 적힌 문구 "아르카디아에도 나는 있다"를 인용한 것으로, '나'는 해골로서 죽음을 의미한다. '아르카디아'는 유토피아로서의 이상향이 아니라 현실에 존재하는 목가적인 마을이다. 따라서 현실의 공간을 통해 구현한 이상적 세계에는 죽음도 포함된다. '아르카디아'를 통해 표현된 이상향에서는 삶도 죽음도 영원하지 않다. 영원한 건 '삶과 죽음이 함께한다'는 사실뿐이다.

표면과 이면이 공존하는 인간에게 이면이 표면을 뚫고 올라오는 수치심은 거부할 수 없는 숙명이다. 솟아오르는 감정이 결집되면, 즉 '수치심'의 감정이 모여서 고이면 하나의 '적의'를 이룬다. 쫓겨난 세대로서 우리는 세계를 향한 적의를 품고 있다. 가질 수 없는 '나'들이 아무것도 주지 않는 세상을 향해 적의를 품는 것은 이상할 것도 없는 반응이겠다. 그러나 김호성의 시에서 이렇게 솟은 감정들의 거점으로서의 적의는 결코 분출되지 않는다. '나'의 적의는 차라리 스며드는 적의다. 정자로 또박또박 쓴 반듯한 적의다.

반듯한 적의의 세계에서 길을 파헤치는 건 다리가 아니라 '무릎'이다. 맞서야 하는 건 부서지는 파도가 아니라 "주저 앉은 파도"다. 적대적인 세계를 제압하는 것이 아니라 적대적인 세계 속으로 입장함으로써 적대감을 소멸시키는 것. 제압할 수 없다면 하나가 되는 것이 "식민지의 식민지에서" 생존하는 방법인 탓이다.

> 내 손은 주머니 속 화약과 총총한 푸른 항구를 동시에 펼친다 두 눈의 불순물에서 십자가까지 끊어진 인연을 되찾기 위해 무릎은 갖가지 길을 파헤친다 주저앉은 파도에 맞서는 동안 나의 이름은 터지고 말았다 낮과 밤도 없이 쓰인 여러 편의 몸은 설교로 전락한 지 오래다
>
> ──「적의의 정서(正書)」 부분

이편에서 저편으로 건너가며 위치를 이동한다는 점에서 전위(轉位)일 뿐만 아니라 적과의 거리를 없앰으로써 적의 존재를 없애는 것은 이전의 성취를 배격하고 새로운 성취에 도달하고자 하는 전위(前衛)의 의미를 걷어차고 이전의 성취와 한 몸을 이룸으로써 이어 나가는 방식으로 생존한다는 점에서 전위에 대한 전복이기도 하다. 이것은 굴종이나 항복과 구분된다. 한마디로 굴종도 항복도 아니다. 우리가 살아갈 세상이 성장의 세계에서 회복의 세계로, 경쟁의 세계에서 초연대의 세계로 나아가야 하기 때문이다. 그간의 세계를 전복하고 그것과 다른 세계를 만들어 내는 기

존의 전위는 무한한 미래와 성장이 주어졌던 세계가 허락한 전위였을 뿐, 소멸하는 미래를 선고받은 상황에서는 오히려 연대와 연결이 전위의 모멘트를 구성한다.

당신의 손에, 그리고 나의 손에, "주머니 속 화약과 총총한 푸른 항구"가 동시에 펼쳐져 있다고 하자. 화약을 집어 폭파를 실행하고 새로운 것을 만들어 내며 세계를 확장해 나갔던 것이 폭발하는 적의였다면 "푸른 항구"를 집어 "끊어진 인연을 되찾기 위해" '무릎'으로 "갖가지 길을 파헤"치는 것은 반듯한 적의다. 두 다리로 서서 내려다볼 때는 보이지 않았던 세상을 발견하기 위해 낮은 자세로 망가진 길을 복구하는 '무릎'의 시선은 회복하는 적의이자 연대하는 적의이며 전환 시대에 우리가 이루어야 할 진정한 싸움이기도 하다. 당신들의 전위를 전복하는 적의의 정서(正書)는 회복의 시대가 요구하는 적의의 정서(情緒)이기도 한 것이다.